JN205984

Zap-90

楽園の楽園

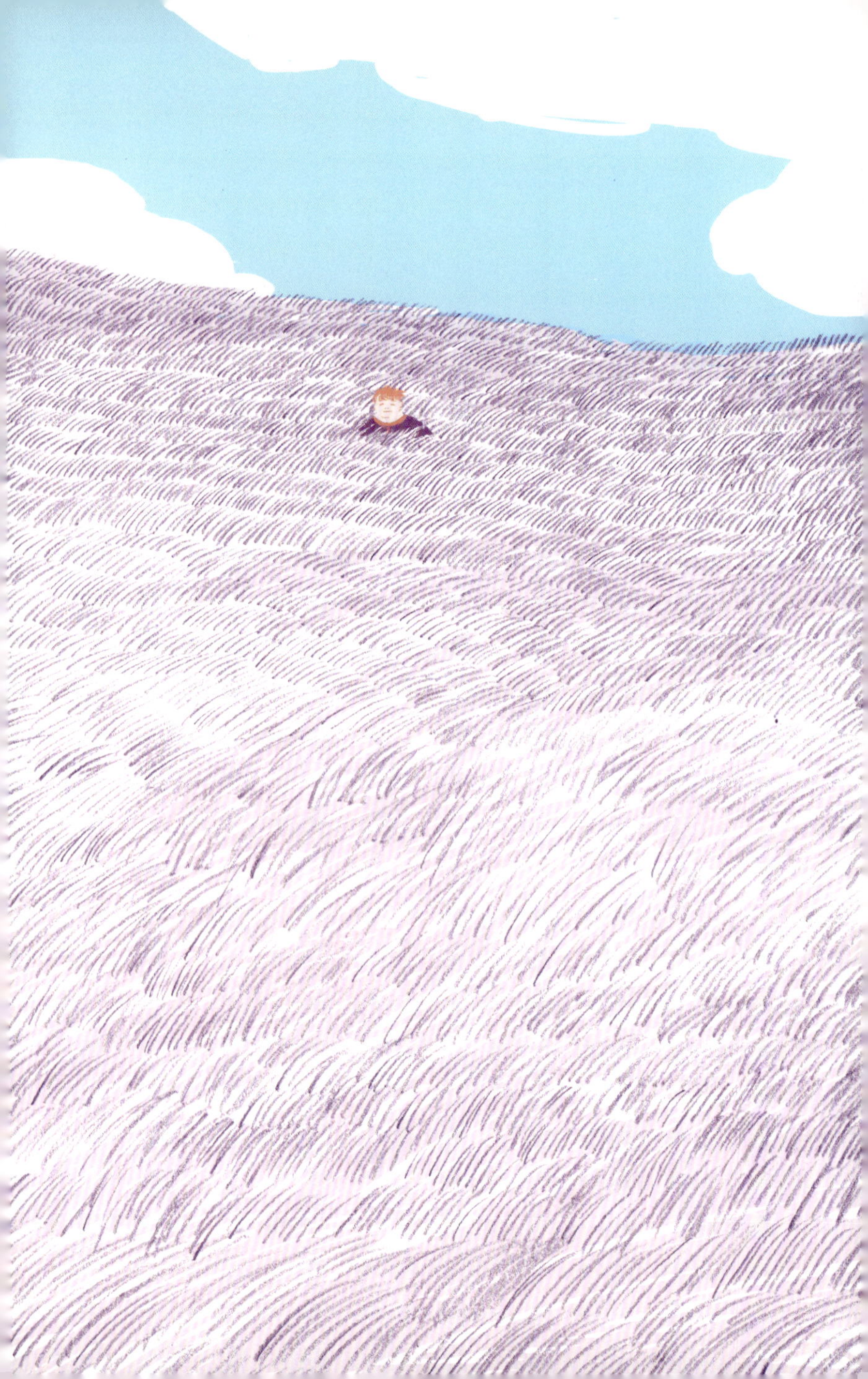

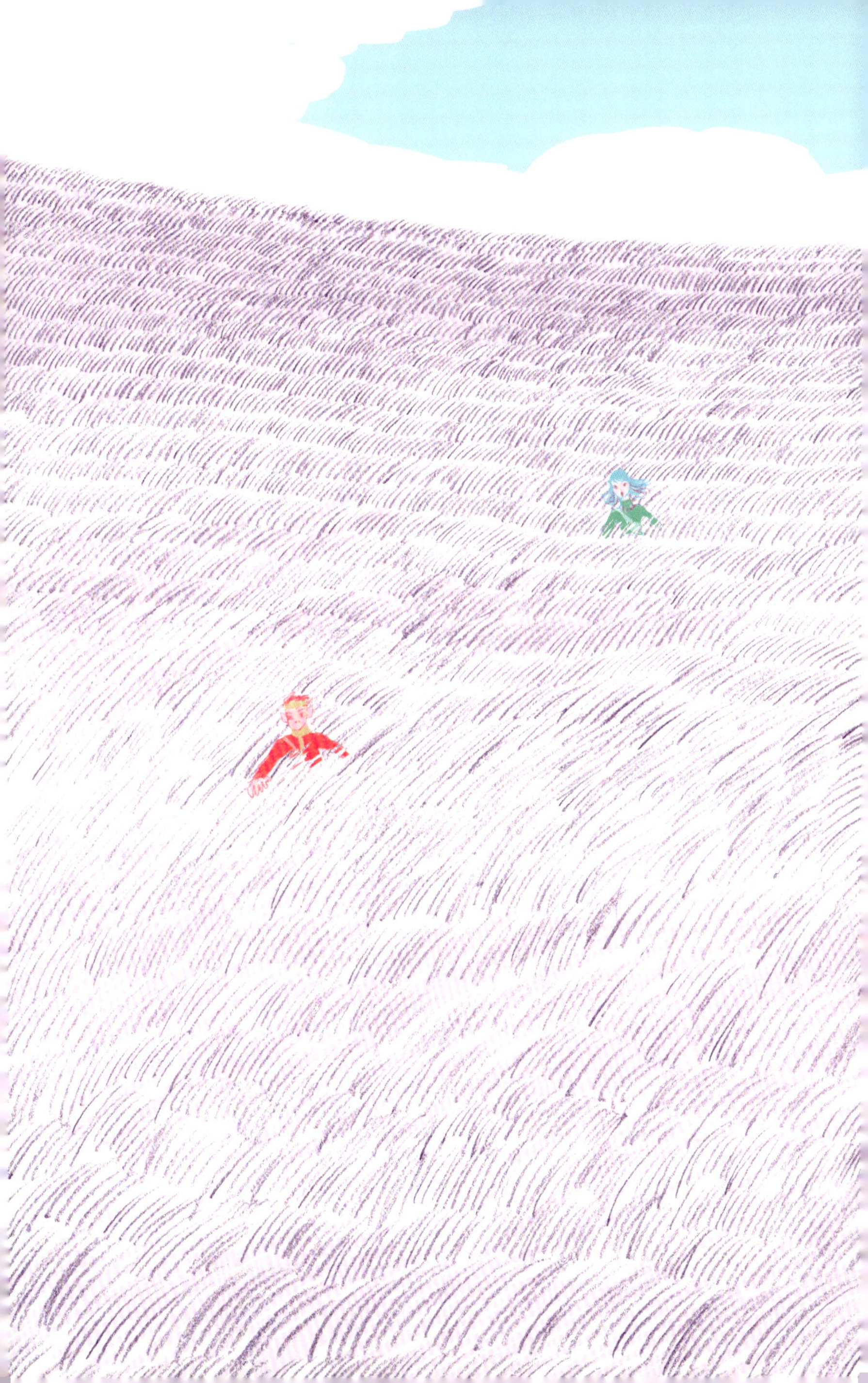

イネ科の草が周囲を取り囲んでおり、五十九彦《ごじゅくひこ》は掻き分けながら進んだ。ブラシのような先端が薄い紫色だったため、紫色の海を横断するかのようだ。足元に何があるのかはまさに手探り足探りだ。

「三瑚嬢《さんごじょう》、ついてきているか？」後ろに声をかける。

三人で縦に並んで進んでいるのだが、振り返る気にはなれない。

「もう少しゆっくり行ってくれると助かるんだけど」三瑚嬢はうんざり気味の声を出した。

「無理だ。俺はせっかちだから」

「せっかちなことをどうして誇らしげに言うのか。まあ、いいけど。蝶八隗《ちょうはっかい》は大丈夫？　ついてきてる？」と三瑚嬢がさらに後方に訊《たず》ねている。名前に「嬢」とつくものの、どこぞのお嬢様といったことはなく一般家庭の三女だった。知能テストの結果が異様に高く、学校内でも飛び級に次ぐ飛び級を重ねた経歴を持つ。

「大丈夫なわけがないだろうが。車を降りて、どれだけ歩いてきてると思ってるんだ。二時間以上だ」

「蝶八隗は文句が多すぎるんだよ。だいたい、もう少し痩せたほうがいいと思う。あんまり身体が重いと二十年後、五十歳くらいで、人工関節が必要になるよ」

「いやあ、ほんと、ありがたいことだよな」蝶八隗は、人間の三大欲求以外のことに関しては興味がないのか、「腹減った」「性欲が」「眠い」「酒池肉林」といった言葉を口にすることばかりで的外れな発言も多い。

「何がありがたいんだよ」五十九彦は、最後尾の蝶八隗に届かせるために大きな声を出す。

「〈先生〉の活躍がなければ、二十年後の世の中なんて、どうなっていたのか分かったもんじゃないだろ。まともに生きているかどうかも怪しかった。人工関節になるくらいまで生きられるなら、ありがたいじゃないか」

「まあ、確かに」

二年前であれば、「二十年後を迎えられると思う?」という質問に対し、「ノー」と答える人間ばかりだったはずだ。次の日がやってくることにも確信を持てない、不安な日々が続いていた。

数十メートル進んだところで徐々に草の丈が低くなりはじめる。さらに歩けばブナの樹が生えており、そのあたりでいったん休むことにした。蝶八隗は、「疲れた。体が痛い」と不満を洩らし、かと思えばその場に乱暴に尻をつき、取り出したカロリーフードを食べ始める。

「疲れてるってわりに、よくそんなに食べられるね」

「それほどでもないよ」

「褒めてないからね」

三瑚嬢と蝶八隗のやり取りを聞きながら、五十九彦は左手のリストバンドをタップする。地図がエアロ表示される。方向を確かめ、視線を動かしていると背中を触られ、ぎょっとするように振り返った。すると三瑚嬢が、「これが付いてるよ。たくさん」と指で摘まんだ実を見せた。

オナモミの実で棘《とげ》がついている。「ああ、くっつき虫」と五十九彦は子供の頃、そう呼んでいたことを思い出した。投げつけ、服にくっつける遊びを友達とよくやった。

「わたしはひっつき虫って言っていたけどね。面白いし、よくできてる。こうやって、動物に種子を遠くに運んでもらうんだから。自分では動けない植物の知恵だろうね」

「何にだって知恵がある、ってわけか」

「いやあ、俺にもたくさん付いてるな」蝶八隗は自分の背中のオナモミを摘まみたかったのか、身体を捻り、そちら向きでは届かないと判断すると今度は反対側に身体を回転させるが、それでも届かない。くねくねと動く様子を眺めながら五十九彦は、あいつは知恵を持っていないかもなと思った。

それからしばらくは、それぞれのオナモミの実を取り合うことになる。

視線を上げ、空に目をやった。雲一つなく、青さが広がっている。五十九彦の胸のうちまで、その色で染まっていくかのような青だった。

ゆるやかな丘になった部分を歩いてきたらしく、先ほど通り抜けてきた草の海を上から見下ろせた。紫色の絨毯《じゅうたん》のような美しさで、気持ちが少し落ち着く。美しい景色は、ずれた音しか鳴らさなくなった心を調律してくれる。

「だいぶ、〈先生〉のところまで近づいている」五十九彦は口を開く。

「〈先生〉に無事に会えますように」三瑚嬢が言った。

「少し休んでいこうぜ。ほんともう限界だ」

「蝶八隗は休むことしか考えていない。どうする、五十九彦」

五十九彦は右手の人差し指を出すと、空気を揺らすように小さく振った。「さっさと進もうぜ」

「ああ、そういう意味なのね」三瑚嬢が言った。

「何が」

「いつもそうやって指振るでしょ。どういう気持ちなのかと思って」

ああ、とだけ五十九彦は答えた。

数年前、世界各地でありとあらゆる問題が起き、この世は余命宣告を受けて全身症状が現われているかのような、末期的な状況となった。「秋の日は」ならぬ「世の終わりは釣瓶《つるべ》落とし」といった具合に、急降下よろしく混乱に陥った。

各国の都市部で大規模停電が発生した。

強毒性ウィルスが蔓延《まんえん》した。

大きな地震が頻発した。

極めつけは、ヨーロッパとアジアにおける高速増殖炉からの放射能漏れで、その恐怖から人の大移動が起きた。人々が移動すれば感染が拡大し、治安も乱れる。

おまけに航空機が墜落する事故も多発した。

五十九彦たちがこの任務を受けた際の事前レクチャーでは、「これらの災厄は、連鎖的に起きている可能性が高い」と説明された。

「大停電と感染症、大地震が？」五十九彦は何の冗談か、と思った。どう関係するのだ。

「一番大きなきっかけは停電だ。複数の国で大停電が起きたことで、感染症研究所の主要な電源が落ちた。その結果、研究用のウィルス管理ができなくなり、外部に漏れ出た。インドの高速増殖炉が制御できなくなったのも、電力が落ちたからだと言われている。では、なぜ停電が起きたのか。その原因ははっきりしていない。物理的にケーブルが破壊されたという報告もあれば、システムに仕掛けられたマルウェアが原因だという報告もある。飛行機の墜落連鎖も、システム故障か、整備士や飛行士のウィルス感染が関係しているかもしれない」

「で、それを人工知能が引き起こしたというのか。ＡＩはドミノ倒しが得意なのかよ」

会議ルームで隣に座っていた三瑚嬢は、「人工知能、何がしたいんだろうね。頭がいいのか悪いのか分からないよ。ウケる」と肩をすくめた。

「公表されてはいないが、『天軸《てんじく》』がそれを実行した可能性が高い」レクチャー担当者が言った。

「天災及び事故、犯罪の予見と予防に関する機軸」なるアルゴリズムを基にした、『天軸』と略称で呼ばれる人工知能が存在しているのだという。もちろん五十九彦たちのような一般人は、存在も名前も知らなかった。

「人工知能の暴走なんて、フィクションだったら、ありきたりすぎて、誰も手を出さないよ」

「これはフィクションではない」

「その人工知能を開発したのが、〈先生〉なのか」五十九彦は言う。「どこの学校の先生なんだっけ」

「実際に、教鞭をとっていたわけではなく、識別するニックネームみたいなものだ。本名は隠されている。彼女は独学独力で、『天軸』を開発した技術者だ」

「その〈先生〉が、自分で作った人工知能の暴走をどうにか止めてくれたってこと?」三瑚嬢が手を叩く仕草をする。「〈先生〉、すごーい」

「〈先生〉は、自分の開発した『天軸』が大きく関係していると判断した。天災や犯罪を予見するAI《アーティフィシャル・インテリジェンス》ならば、停電や飛行機事故の発生に関与できるのではないかと考えたのだろう。そして、出発した。垂直離着陸機を操縦して、だ」

「〈先生〉、何でもできるんだな」

「子供の不始末は親が責任を取らなくてはいけない、と思ったに違いない」

「どこに向かったんだ」

「『天軸』のある場所だ。我々はそう推測している」

「それってどこなの」

「機体の位置情報は途中で消えている」

「墜落したわけか」

「それも不明だ。確かなのは、その時期から、停電や航空機の事故の発生が収まり、さまざまな施設の機能不全が改善されたことだ。世界の病状が小康状態にまで戻った。このまま少しずつ修復していけば、と期待は持てるくらいに」

「〈先生〉が『天軸』の暴走を止めた、ってわけか。いい話だな。映画作品にしてもいいんじゃないか」

「親の責任を果たした。その可能性が高い」

「じゃあ、〈先生〉の銅像を作ったほうがいいよ」三瑚嬢が言う。「人間なんて、この人に感謝しましょう、って言われないと感謝しないんだし」

「銅像はさておき、だ。とにかく、今になって、〈先生〉の居場所が分かった」

「へえ」五十九彦は馴れ馴れしい相槌を打った。

「いくつもの偶然が重なり合って、たまたま見つけられたんだが」

「どんな偶然？」

「どこから説明するのが正しいのか分からないが、彼女はある集合住宅の一室を仕事用に使っていた。コンピューターを置き、作業をしていた。その部屋のことは誰も知らなかった。勤務先にも届けていなかった。ただ、ある時、その建物にシロアリが大量発生した。業者がやってきて、大掛かりな駆除をする際、ミスにより、ある部屋の壁に穴を空けてしまった。するとそこがまさに、彼女、〈先生〉

の部屋だった」

「シロアリに感謝しないと」

「害虫駆除業者とマンションの管理会社は、部屋の住人、つまり〈先生〉に連絡しようとしたが、どの手段を使っても繋がらない。仕方がなく、契約時の登録情報から勤務先を見つけ、我々にコンタクトを取った。〈先生〉の行方を捜していたこちらは、その部屋の存在を知ったわけだ」

「それで?」

「すぐに部屋の調査に行った。すると室内には、いくつもの電子機器や書籍とともに、〈先生〉が描いたと思《おぼ》しき、水彩画が発見されたんだ」

「水彩画?」

「これだ」

風景画がエアロ表示される。デジタル着色ではなく、リアル絵筆、リアル絵具で描かれたと思しきものだ。天を見上げる構図で、まわりから木々が覗き込んでくるかのようだ。中央に描かれる太い樹は、空に手を伸ばす巨人の腕のようにも見える。葉や生い茂る草の緑は、空からの陽射しの白色で明るく光っていた。

「〈先生〉、絵も上手いんだね」三瑚嬢が感心する。

「この絵には、『楽園』とタイトルがつけられていた」

「楽園ねえ」五十九彦は思わず言っている。楽園とは、いったいどのような場所を言うのか。ストレスゼロの、不満も不自由さもない土地だろうか。それとも、贅沢三昧《ぜいたくざんまい》の生活ができる環境だろうか。

「ここは楽園だよ、と宣伝されている場所は、だいたい罠だからね」三瑚嬢は醒《さ》めた言い方だった。「ここはじごく、ぜったいにくるな」

「何それ」

「昔誰かが言ってた。楽園からの手紙に書いてあったんだって。地上の楽園は楽園ではなかったわけ」

「ただ、この絵はいかにも、楽園っぽいかもしれない」

「楽園なら、もっと食べ物とか裸の女がいないとおかしいだろうに」まどろんでいるかのように静かだった蝶八隗がそこで口を挟んだ。

「〈先生〉の残していた記録や知人へのメッセージを解析すると、『天軸』を設置したのは、この絵の場所だろうと推測できた。だから、この絵で描かれている土地がどこかを調べることになったわけだ」

「誰が調べたんだよ」

「我々のＡＩが、だ」

「ＡＩがＡＩの居場所を調べた、と」

「だから、この風景の場所に行って、〈先生〉を見つけてこいってわけね」

レクチャー係はそこで、誇らしげに鼻孔を膨らませた。「場所の特定は容易ではなかったんだ」と苦労話をはじめる。

「分析班が、入手できる限りの航空写真や衛星写真、世界中のアップロード画像と、風景画のＡＩ照合を行ったが、絵と同じような土地は一つも発見できなかった。この風景画はあくまでも〈先生〉の想像の産物で、この景色は実在しないのではないか、と我々は思いかけたんだが、ただ、その時、まさかの僥倖《ぎょうこう》があった。物資輸送用プロペラ機の墜落事故が発生した」

「いいこと教えてあげるけど、事故の話を、『僥倖』とか言わないほうがいいかも」三瑚嬢が指を立てた。「不謹慎だから」

「輸送機は無人だった上に物資は空だった。機体は落ちたが、死傷者はゼロだ」

「へえ。で、墜落事故があるとどうして、都合がいいんだよ」

「墜落時には緊急装置が機能するんだ。プロペラ機は破壊直前に、事故情報を当該センターに自動送信してきた。位置情報と自動撮影された周辺画像も一緒に。それがこれだ」

表示されたのは、地面から空を見上げる構図の森だった。

「なるほどね。〈先生〉の絵とそっくりだ」五十九彦は手を広げた。

折り曲げた腕のような、特徴的な形の樹がまさに映っている。

「この事故のおかげで、位置情報が分かったわけね。確かに、それはかなり偶然のおかげかも」

シロアリ駆除業者のミスの結果、〈先生〉の作業部屋が発見され、そこに森の絵を見つけた。さらに、プロペラ機の墜落事故が起きたおかげで、その絵の舞台と思しき場所の位置情報が手に入ったのだ。

「で、〈先生〉を見つけて、どうすればいいの」

「〈先生〉に訊ねたいことがいくつもある。何が起きて、どうなっているのか、『天軸』はどうなったのか、世界の災いがどうして停止したのか、詳細を知りたい。うまくいけば、『天軸』をより良く使えるかもしれない。それと」

「それと?」

「お礼を言いたい。破滅まっしぐらで、治療法ゼロと思われた世界を、死の直前で食い止めてくれたことを」

「銅像作っていい? と確認取らないといけないしね」

「目的地に行くためには、ひどい感染地域を行く必要がある」

「ああ、なるほど、だから俺たちが呼ばれたのか」

五十九彦は宮城県仙台市で育った。資産家の母親が、とある国会議員と不倫関係となり、その家庭ならぬその過程から生まれたのが彼だ。

金銭的な苦労とは無縁だったが、愛情とも無縁で、育児放棄ぎりぎりの無関心の中で育てられ、五十九彦は物心ついた時から外にいることを好んだ。

運動能力の高さ、まさにそれこそが五十九彦の優れた特徴だった。全身がバネでできているような瞬発力を備えており、教わる前から宙返りをし、どのようなスポーツでもあっという間にコツをつかみ、活躍した。剣道や柔道のたぐいも、ルールと身のこなしを伝授されれば、体格差のある相手に対してもすぐに勝てるようになった。

東北地方に大変な逸材がいる、「何の逸材」であるかはまだ確定していないが逸材なのは間違いない、と口伝《くちづた》えもしくはインターネットを通じて噂が広まり、様々なスポーツの指導者がスカウトに現われたが、本人はどれに対してもさほど興味は抱かず、特定のスポーツに打ち込むことはなかった。

中学のおしまいごろには学校を休みがちになり、家にいる退屈にも耐えられないため、街中をふらつき、そうこうしているうちに暴力事件を頻繁に起こすようになった。

騒動の理由は毎回違った。同世代の男を相手にすることもあれば、歳の離れた大人と殴り合うこともあった。

そのうち、自分を駆り立てるのは、「偉そうに振舞う人物」への怒りなのだと気づいた。

誰かを虐《しいた》げたり、侮辱したり、明確な力の差がある中で一方的に暴力を振るったり、世界が自分中心に動いていると考えている人間を見ると、我慢できなくなるらしく、意識するより先に殴りかかっている。

自分では止められない。スイッチが入り、オートマチックに動くようなものだった。

相手が複数人だろうが、何らかの武器を使ってこようが、五十九彦は全員を伸《の》した。どのような攻撃も避け、とんでもないスピードで動き、驚異的な瞬発力でぶつかるのだから、普通の人間では対応できない。

五十九彦の周りは、彼を危険人物よろしく遠巻きにし、関わらないようにと考える人間ばかりだったが、唯一、十代半ばで出会った教師が、五十九彦の行く末を気にかけ、問題を起こすたびに寂しそうな顔をしてくれた。

彼女は、「美しい美しい雨」と書き、「美《び》美《び》雨《う》」と読む名前の若い教師だったが、ほかの大人たちとは違い、五十九彦に対し、同年代の友人のように接してきた。

「よく見る夢があるんだよね。私、別の知らない国にいて、死者を歩かせてるの」と不思議なことを話すことも多かった。鼻白んだ五十九彦に、「私だって自分で言っていて、おかしいとは思う」と苦笑した。「だけど、結構リアルなんだよ。いつだって夢の最後は、私が鼻血を出して白目を剝いて、必死に呪文を唱えているところ」

「最悪な夢だ」五十九彦は少し同情した。

「まあね。でも、くっつくオナモミみたいに幸せな気持ちになることもある」

「オナモミが幸せだなんて、初耳だ」

「それはさておき、その夢の中でね、私は言ってるの。『悲しみは悲しみとして、後悔は後悔として切り離していいのです』」

「どういう意味？」

「さあ。ただ、確かに感情はごちゃまぜにしないほうがいいのは確か。悲しみと後悔をいっしょくたにしないほうがいいし、不満と怒りは切り離したほうがいい」

「そうかな」

「気に入らない相手だとしても、憎んではいけない。厄介な相手も、敵とは限らない」

「ますます、意味不明だ。敵は敵だ」

「これを読んでみたらいいよ」と一冊の、古い古い小説を携帯端末に電子送信してくれた。

五十九彦は小説を読むことに慣れていなかったが、岩の洞《ほら》から出られなくなった山椒魚《さんしょううお》と蛙《かえる》のその話は妙に心に残った。どうにか最後まで目を通すことができた。そう報告すると教師は喜び、「どうだった？」と感想を訊《き》いた。

「性格のねじれた山椒魚が悪いとしか思えなかった。ただ、それだけに蛙の最後の言葉が引っかかったよ。何で蛙はあんなことを言ったんだろう」

「蛙は感情をちゃんと切り離せるのかもしれない。人の気持ちは複雑だから」

「人じゃなくて、蛙じゃないか」五十九彦は指摘した後で、「細かいことは、ま、いっか」と続けた。

「ああ、そこが君のいいところだね」教師が笑った。

「そこってどこ」

「細かいことはどうでもいい、といつだって寛容でしょ。ま、いっか、とだいたいのことは許しちゃう」

「せっかちなだけだ。考えたってしょうがないものはしょうがない。細かいことを気にしたところで、大して何も変わらないんだったら、先に進んだほうがいい。そうだろ」五十九彦は言いながら、人差し指を揺らし、空気を叩くような仕草をしている。

　昔からの癖だった。「細かいことはどうでもいいから、さっさと先に進もう」

「ま、いっか、次だ、次」とそういう気持ちがそうさせる。

教師は愉快気に息を洩らすと、真似するかのように立てた人差し指を振った。

とにもかくにも、五十九彦を知る者は、「五十九彦はいつか大きなことをやるに違いない」と予言とも、心配とも取れることを口にしたが、その「大きなこと」がいいことか、悪いことかは誰も分からなかった。

彼らの念頭にあったのは、もちろん、五十九彦の図抜けた運動能力と暴力性だった。まさか、彼のもっとも役立つ素質が、「健康」にあるとは誰も想像していなかった。


五十九彦は風邪ひとつ、ひいたことがなかった。とはいえ、自身ではそれが特別なものだと気づく由《よし》もない。学校でインフルエンザが流行し、次々と同級生や教師たちが休みに追い込まれる中、自分は体の不調を覚えることなく、「俺は運がいいな。罹《かか》らないもんだな」と感じる程度だった。ロタウィルス、ノロウィルス、アデノウィルス、コロナウィルス、胃腸炎や風邪症状を引き起こす病原体はたくさん存在しており、人間は幼少期にそれらに感染することで免疫を作るものだから、自分も幼いころにはそれらに罹っていたのだろうと思っていたのだ。

実はそうではなかった。

生まれてこの方、感染症の発症を経験したことが、一度もなかった。

そのことを知るきっかけは、膝の手術だ。

二十歳の時、つまり今から五年前、いつもの如《ごと》く、暴力沙汰に巻き込まれ、というよりも自分が巻き起こし、その結果、膝を痛めた。放っておけば治ると思っていたが不具合が長引き、病院に行ったところ、「半月板損傷《はんげつばんそんしょう》」と診断された。

「半月板にはほとんど血流がないから、ほかの部分の骨と違って、自然治癒しないんだよね。削り取るしかないよ」と医者は言った。

五十九彦はひどく驚いた。それまで経験した、捻挫《ねんざ》や靭帯《じんたい》損傷、骨折や脱臼といった怪我は、時が経てば治った。であるのに、半月板は自然治癒しないとは。

全身麻酔による内視鏡手術の後、医師は、「半月板の損傷した部分を切除できたよ。半分ほど取り除いたからね」と報告してきた。

「半月板の半分を削ったんだから、4分《よんぶん》の1《いち》月板になったわけだ」と五十九彦は答えたが、医師は聞き流した上で、「それとは別に重要なことが分かったんだが」と切り出した。「手術前に行われた血液検査の結果を見て、驚いたよ」

「何が？」

「手術前にウィルス抗体価を調べるんだがね、対象の二十種類のウィルスすべてに対して、尋常ではないウィルス抗体価が出ていたんだ。毒性に対する抵抗力も驚くほどだ」

「はあ？　何だよそれ」4分の1月板の冗談を聞き流してまで言うことなのか、と五十九彦は少し不満だった。

「専門の者が来るので説明させてもらってもいいかな」整形外科医はのっぺりとした表情のまま話すと、五十九彦が、「駄目」と答えたのにもかかわらず、「専門の者」を連れてきた。

膝の手術をしたばかりの五十九彦に逃げられるわけがない。

現われた「専門の者」は、まずウィルスが侵入した場合の、人体の防衛機構について説明をはじめた。

体内の好中球《こうちゅうきゅう》がウィルスを退治し、それが追いつかない場合、マクロファージがウィルスを攻撃します。その情報がリンパ節に伝わり、T細胞が動き出します。キラーT細胞は激しくウィルスを攻撃しますが、その一方で、ヘルパーT細胞がB細胞を招集し、B細胞が情報をもとに抗体を作り、加勢してくれるのです。そしてそのT細胞の活性化には、Ｚａｐ－70という酵素が関わってくるのですが、あなたの場合、その酵素があまりに活発なのです。

すると、「専門の者」は話を切り上げ、「簡単に言えば、あなたの免疫は異常なほど強く、ウィルスに感染したとしても、発症にいたる可能性はかなり低いんです」と言った。

「もっと簡単に言ってくれ」

「あなたは、驚異的な免疫力を持っています」自棄《やけ》を起こすかのように、かなり簡略化した言い方をした。

「だから？」五十九彦は顔をしかめるしかなかった。「俺は風邪をひきにくい。そういうこと？」それなら知っている。

「人並外れて。びっくりするくらい」

「びっくりした顔には見えないけどな」

「すでに、驚くフェーズは終わったので」

「フェーズ？」知らない言葉を出され、五十九彦はむっとする。「で、それで俺にどうしろって言うの」

「実は」

それから説明された依頼は、予想もしないものだった。東京都内の病院施設に行き、患者の世話をしてほしい、というのだ。

「俺、看護師の資格は持っていないよ」

「資格のことはどうにかします。今、誰も、その病棟で活動できないんです。ある病院に、詳細不明の新しいウィルスに感染した人間が運ばれてきました。過去のパンデミックでの経験を活かして、医療スタッフは最大限の感染対策をして対応したものの、次々と感染者が広がり、重症化しているんですよ。近づく者もバタバタと倒れていくような事態です」

「ふうん」

「感染経路も分からず、苦戦しています。正直なことを言えば、苦戦どころか劣勢で敗戦間近です。ただ、あなたなら感染を恐れることなく院内を動けますから」

五十九彦はそれから数週間、病院内で活躍した。メインの仕事は食事や薬を運び、検温をし、簡単な介助をすることだったが、医療用器具を医師の指示を聞きながら使用もした。

一人で院内の、感染可能性のあるエリアを行き来するのは体力的にも、筋力的にも非常に過酷なものだったが、五十九彦は活き活きと働いた。瞬発力はもちろん、持久力にも優れている、運動の申し子とも言える彼の本領発揮だった。

五十九彦の看病で復帰した患者の中には有能な感染症研究者がいて、その人物の閃きにより、ウィルスの種類が特定され、既存の薬の組み合わせに効果があると発見できた。そのあたりから、状況は好転しはじめた。

病院関係者や責任者は、「君のおかげで助かった」と感謝し、「本当に君は感染しないんだな」と感嘆の声も上げた。実は、院内の感染者の中に海外のＶＩＰがおり、もしものことがあったら国際問題に発展し、国内の多くの人間に影響があったのだとは、のちに知らされた。

それ以降も彼の生活は特に変わらず、自らの「驚異的な免疫力」のことも忘れかけていたのだが、唐突に新しい依頼が来た。

それが五か月前だ。

「どこの病院で働けばいいんだよ」五十九彦が訊ねると相手は、「今回はもう少し規模が大きいお願い事なのです」と申し訳なさそうに言った。申し訳なさそうではあったが、五十九彦に断る権利はないと感じさせるほどの、強い意思を感じさせた。「ご存じの通り、少し前まで、世界中が大変なことになっていましたが」

「停電とかパンデミックとか、そのことか？　最近は少し落ち着いてきたんだろ」

「それに関連したお願い事がありまして」

あれよあれよという間に東京に呼ばれ、自分と同じく、「驚異的な免疫力」を備えたほかの二人、三瑚嬢と蝶八隗とチームを組まされ、「〈先生〉を探し出してほしい」と命じられた。


ブナの樹の下で五十九彦は屈伸運動をしながら、「『楽園』と絵のタイトルにつけたくらいなんだから、〈先生〉のいる場所は、楽園のような場所なんだろうな」と言った。「ええと、アダムとイブがいたのが楽園だったっけ」

「アダムとイブは、何かの果物を食べて、楽園から追放されたんだろ」

「蝶八隗でも知ってることがあるんだな」

「馬鹿にするな。食べ物関連の情報は頭に入ってるんだよ、俺は」蝶八隗が胸を張る。「凄いだろ」

「すごーい」三瑚嬢は機械音声のような言い方をする。「果物というか、知恵の実だよね。旧約聖書の話。アダムとイブは楽園で暮らしていて、生命の樹と知恵の樹があった。それで、食べちゃ駄目だと言われていた知恵の樹の実を食べたことで楽園を追放された。それが原罪って言われるやつね。人間は原罪を背負っている」

「背負っているのか」「らしいよ」

「よっぽど美味《うま》そうだったんだろうな」

「なんかもう、税金だとか年金を納めるのだって精一杯なのに、さらに原罪まで背負わされているなんて、がっくり来ちゃうよね。とにかく、この原罪のせいで、以降の人間は生の苦しみを得ることになったし、死ぬことにもなった、という話」

「へえ」五十九彦は特に興味もなく、気持ちのこもらない返事をする。

「わたしは、アダムとイブが楽園を追い出された話は、人間に理由を与えるために作られたんだと思っているんだよね」

「理由を与える？　どういうことだよ」

「聞きたい?」「いや、どちらでも」

「生きていると理不尽な出来事に遭遇するでしょ。どうしてこんな目に遭わないといけないの! って思っちゃう」

「かもな」

「どうして! と言いたいことばっかり。でしょ? だけど、原罪があれば、それに答えることができる。『わたしたちには原罪があるから』『アダムとイブが約束を破ってしまったから』、そう理由を説明できる」

「納得できない人も多いんじゃないか」

「わたしも納得はしないけれどね。でも理由がないよりはマシ。何と言っても人間は、理由が分からないことが一番苦手なんだから。耐えられない。耐えられないから、何にでも理由を求める」

「理由を求める? 俺は求めてないぞ。何でそんなことを言うんだよ」

「五十九彦、びっくりしないでほしいんだけど、『何でそんなことを言うんだよ』っていうのがすでに理由を求めているんだよ。『何で?』という質問が」三瑚嬢が笑う。「人間は、つらい目に遭った時、どうしてこんなことに、と理由を探したくなる生き物だってこと。『こうだから、こうなる』『あれをやったから、そうなった』といった話が大好物なの」

「大好物？　誰の。人間の？」

「脳の、と言ってもいいかも。脳は、原因と結果をセットで知りたくなる。原因と結果の組み合わせパターンを学習することで、より良い行動を選択できるんだから。それこそ人工知能の成長と同じ。私たちは無自覚でも、しょっちゅう考えている。どうして？　何で？　事件のニュースを観たり、スポーツの結果を知るたび、そう考えてるんだから。原因は何？　どうしてこんなことになったのか、何がいけなかったのか、原因や理由をつかむことで次に生かす。もう一度やり直した時はうまくできるように。そうやって人間は進歩してきたはず。もうね、脳がそうなっちゃってる。AはBになる。CをやったらDになる。脳はそういう事例をとにかく吸収したいんだよ」

「三瑚嬢、その話長くなるか？」蝶八隗が不服そうに言ったが、三瑚嬢は気にもかけない。

「だから人間は、どんなものにも理由があって、どんなものにもストーリーがあると思い込んでいるわけ」

「ストーリー?」

「物語《ストーリー》は因果関係の宝庫だから。ウケるよね」

「別にウケない」

「『あんなことをやったから、バチがあたった』『人に親切にしたら、思わぬ幸せを手に入れることができた』『強い魔法を手に入れたから、恐ろしい敵を撃退した』とか、物語《ストーリー》にはそういう話がたくさん詰まってる。『あの人とあの人が対立するのは、遠い昔からの因縁のせいだよ』とか、そういった因果関係を脳は喜ぶの。人間の頭は、動く記号を見ているだけで、ストーリーをでっちあげる、という話を知ってる?　三角形や逆三角形が動いていれば、それに物語《ストーリー》を重ね合わせちゃうんだって。ウケるよね」

「別にウケない」

「人間の脳は、どんなものにも意味があると思い込んでいる。だからこそ、脳が発達したんだと思うよ。とりわけ、理不尽な目に遭った時に、理由を欲しがって、勝手にストーリーをでっち上げることまでやっちゃうんだから。結果には理由があるはずだ、物語《ストーリー》があるはずだ、って信じてる。アダムとイブの原罪も同じだよ」

「みんなの疑問は全部、原罪のせい、ってわけか」

「そう言われれば諦めがつく。理由があった、というだけでね。死後の世界がある、という物語《ストーリー》も同じ。わたしたちは自分が死ぬことを受け入れられない。目を背けなければ正気ではいられない。だから、死後の世界がある物語《ストーリー》を信じたくなる」

「そうは言っても、今は、死後の世界を信じているやつのほうが少数派だろ」

「それは、科学が、物語《ストーリー》の嘘を証明してきたからだよ。科学だけが、物語に対抗できた。でもそうすると今度は、物語《ストーリー》を成立させるための、偽の科学が出てくる。これからはずっとその争いだろうね」

「死ぬのが決まってるのは人間だけじゃねえだろ。犬も猫もみんなそうだ」五十九彦は足元を見て、緑の葉が目に入る。その上を、蝶の幼虫らしきものがくねくねと全身を使い移動していた。「虫だって。こいつらには、原罪が必要じゃないのか?」

三瑚嬢が五十九彦に目を向ける。「虫は、死を認識していないから。人間だけが、自分の命に期限があることを知っているんだから」

「三瑚嬢、それ訊いたのかあ?」蝶八隗がのんびりと訊ねた。

「訊いた? 何を」

「虫に、死ぬことを知ってますか? って」

「ごめん、訊いてない」

「それなら、虫が死を認識しているかどうか分からないだろ」

「まあね」三瑚嬢は認めた。「とにかくわたしが言いたいのは、人間は物語《ストーリー》が気になって仕方がないってこと」

「あ、そうか」五十九彦は、ようやく三瑚嬢の言っている内容が分かってきた。

「たとえば、子供に、人の悪口を言ったら駄目だ、と教えるよりも、人の悪口を言って口が腐った昔話を聞かせたほうが効果がある、とかそういうことか？」

「そうそう」三瑚嬢がうなずく。「子供だけじゃないよ。大人だって、理屈よりも、感情によって揺さぶられる。その感情を動かすためには、ただの言葉よりも、物語《ストーリー》のほうが有効なんだよ。プラトンが詩人を追放しようとしたのはそれでしょ。国が人を束《たば》ねようとしても、個人の自由を夢見させる物語《ストーリー》があったら、そっちに心が奪われちゃうからだろうね。詩人は危険。だから追放」

「なるほどな、俺も、性病が蔓延していますって情報よりも、性病をうつされてボロボロになった男の話のほうが怖いし、気持ちが引き締まったもんなあ」

蝶八隗がのんびりと言うと、三瑚嬢が、「わあ、それほんといい話」と無感情のまま、棒読みで口にした。

「そもそもの話題は何だったっけ」五十九彦は言いながら、人差し指を振る。

この五か月間の旅はいつもそうだった。過酷な難所を進みながらも、誰かが何かの話題を口にし、すぐに話の道が逸れていく。本題があるようなないような雑談で、三人の旅は彩られていたようなもので、五十九彦はそれを楽しんでもいた。

「セイタカアワダチソウってこの国にもあるんだね」三瑚嬢が言ったのは、黄色の花をつけた、胸の高さほどの草が繁りはじめたあたりだった。

「これのことか」

「日本でもよく生えているけど、もともとアメリカとかから入ってきた外来種なんだよ。ここにも生えてる」

「どの国にもあるハンバーガーチェーン店みたいなものだな」

「この、セイタカアワダチソウは日本だと、ススキがライバルなんだよね。ススキとかイネとかと生息地域が一緒で。だから、化学物質を地中に出して、ススキやイネが育つのを抑えるんだよ」三瑚嬢が言った。「化学物質を出して、邪魔するの。すごくない？　だから、セイタカアワダチソウは日本で繁栄したわけ」

「やな感じだな」

化学兵器という凶悪な戦力を用い、もともと住んでいた者たちに打撃を与え、領土を奪っていく侵略者を想像し、五十九彦は不快感を覚える。五十九彦の苦手な、「偉そうなやつ」に思えたのだ。

「植物は賢いって話だよ。自分では動けないし、手足があるわけでもないけれど、いろんな知恵があるってこと。たとえば、キャベツがアオムシに食べられたくない時、どうするか知ってる？」

「知るかよ。助っ人でも頼むのか」面倒臭くて、ろくに考えずに五十九彦は答えた。

「ウケる。正解。まさに、助っ人を呼ぶ。匂い

を出して、アオムシの天敵、蜂を呼ぶの。それで、アオムシをやっつけてもらう。すごい仕組みでしょ。自分でアオムシは払いのけられないけど、そうやって対処しているんだから」

しばらく歩くと足を止めた。

五十九彦は地図を表示させ、周りに目をやる。「おかしいな」と言った。「目的地はこのあたりなのに、生えているのは雑草ばかりだ。どこを見ても森なんて、ない」

五十九彦たちは、厳しい移動制限が課せられている中、東京から出発し、小型ジェット機を使い、

大陸までやってきた。降りた後は、この丘陵地域までの車での長旅があった。二年前までの世界的大混乱の余波で、どの国も自国内の秩序維持のためにリソースが割かれており、国家間の情報共有が困難で、結果的に五十九彦たちの旅は、秘密裡の、違法行動に近い。それゆえ、あちらこちらでさまざまな困難に巻き込まれた。

たとえば小型ジェット機が到着し、降り立った途端、ＡＩパトローラー軍団に取り囲まれ、拘束されかかった。が、三人は慌てなかった。三瑚嬢がポケットから小さなスティックを取り出し、それを真っ二つに折ると、半径数十メートルエリアの通信を無効化する電磁波が放出され、ドローン型ロボットは次々と落下し、地上走行型のものはその場に倒れた。五十九彦が俊敏さを発揮し、ぴょんぴょんと飛び跳ね、武装した者たちを倒し、蝶八隗はその倒れた人の山を抱えるようにして放った。

車で走行している際に、カーチェイスが起きた時もあった。西へ向かうために必要なパスコードを手に入れようと、施設に侵入した後だ。警備システムが逃げ出した彼らを探知し、複数台が追ってきたのだ。三瑚嬢の運転技術は一級品だったから、方向転換を何度か繰り返し、次々と追手を引き離した。

「一台だけ、しつこく食らいついてくる」バックカメラを見た三瑚嬢が呟くと、じゃあ俺の出番だとばかりに、助手席の五十九彦が走行中のドアを開き、外に降りた。本来ならば、まともに降りられるわけがない。車は高速走行しているのだから、そのまま後ろに転がっていくはずだが、後部座席に座った蝶八隗が窓から手を出し、五十九彦の身体を腰のベルト部分でつかんだ。蝶八隗の筋力は想像を絶するほど強く、窓から出した左腕で五十九彦を持つような形だ。

五十九彦は車の速さを確認しながら、定期的に足で道路を蹴った。普通の人間であれば地面に足が接触した瞬間、後方に吹き飛ばされるだろうが、そうはならない。高速で走るルームランナーを、蝶八隗の支えを借りながら飛び跳ねるように駆けるかのようだ。

五十九彦は後ろの車との距離をちらちらと確認する。三瑚嬢が少しずつブレーキをかける。

「よし」と五十九彦が言ったところで、蝶八隗が角度をつけ、五十九彦の身体をふわっと上空に放った。

五十九彦は宙を回転しながら後ろに飛び、後方車両のボンネットに激突する。フロントガラスが少し割れるが、狙った通りであるから五十九彦は落ち着いたものので、身体を捻ると驚愕した運転手に笑顔を浮かべた。直後、その車が急ブレーキにより回転して、停止する。五十九彦は何事もなかったように道路に降り立つ。

三瑚嬢たちの車を追いかけた。

絡んできた無法者を撃退したこともあれば、数日がかりで、登山道のない高い山を越えた際に三瑚嬢が崖から滑り落下し、蝶八隗と五十九彦が手をつなぎ合って、つかみ上げたこともあった。

とにもかくにも道中は決して楽ではなく、むしろ大変に過酷だったから、最後の最後で地図が違っていました、という落ちは勘弁してほしい。五十九彦は思わずにはいられない。

するとそこで、羽ばたく音がした。見れば小さなバッタが飛んだところだ。

着地しては飛び、着地しては飛び、ぴょんぴょんと先に行く。

まるで道案内をするみたいなバッタだな、と五十九彦は単純に思ったところ、三瑚嬢と蝶八隗も、「道を教えてくれているみたいだ」と言った。

五十九彦たちは顔を見合わせ、うなずくとバッタの後を追うことにした。

まさか、底が抜けるとは思ってもいなかった。

雑草が生い茂っており、ずっと平らかな土地が続くのだと錯覚していたが、急勾配の下り坂のようになっていたのだ。

「あ」と声が漏れ出た時にはそのまま、下に滑り落ちていく。角度が急なため、まっすぐに落下していく感覚に襲われる。慌てて手を伸ばし、周囲の草木をつかむが、すべてがするすると根ごと抜けて止まることができない。勢いがどんどんと増し、身体がひっくり返るとそのまま転がりはじめた。

永遠に止まらないかのように、ずっと滑り続ける。このままだと地面に激突するぞ、と焦った。受け身を取る段取りを考えた。

激突したと思ったが、そこは地面ではなかった。大量の枯葉が何メートルもの

厚みで積み重なっていたのだ。

枯葉の海で溺れる恐怖を抑えながら、泳ぐようにして慌てて這い出る。口の中に入った色とりどりの葉をぺっぺっと吐き出した。


三瑚嬢は葉っぱの上を滑るように、蝶八隗は転がりながら、下に着地した。怪我を負うことはなかったらしく、それぞれが起き上がり、三瑚嬢は、「何これ、ウケる。まるでフリーフォール」と笑いながら身体についた汚れを払った。蝶八隗は、「腹が減った」と言っている。

あたりにはぼんやりと霧がかかっていた。遠くまでは見通すことができない。白い霧がゆっくりと風に流されているのか、濃淡を変えていた。

右を見ても左を見ても霧だ。うっすらと周りが白い膜で覆われているかのようだ。

霧の向こうに、たくさんの樹木が生えているのは見て取れた。どの樹も幹が太い。いくつもの深い筋が刻まれており、悠然と構える哲学者のような迫力がある。

「森がこんなところにあるなんて、ちょっとびっくりだよね」

「草むらから落ちた場所だもんな。谷底に森があった」広大な草原に穴があり、その下に森が存在していた。

「屋上屋《おくじょうおく》じゃなくて、森下森《もりしたもり》だな、こりゃ」

「この霧のせいで、どの衛星写真にも映っていなかったのかな」

白い霧の中を進む。どの樹もその幹はごつごつとしており、洞や瘤《こぶ》、窪《くぼ》みは植物というよりも生き物の腕や脚を思わせる。

「これは杉か」「杉はもっと、背筋が伸び、姿勢の良い印象があるぞ」

目の前の樹々は、姿勢の良さとは無縁の、身体をひん曲げながら大胆に歌舞伎の見得を切るかのような外見をしていた。

空気はひんやりとしている。

歩を進めるたびに口数がへり、次第に全員が無言になった。踏んだ草や枝が立てる音が、がさがさ、ぽきりぽきりと小気味良く響く。

森の奥行きがまったく把握できない。霧のせいもあるが、とにかく延々と樹が並んでいる。

リストバンドにタッチし、地図を確認すれば、目的地と同じ位置に自分たちの居場所が表示される。

すぐ近くなのだ。

「あ、あれ、何だ」蝶八隗が前方を指差した。

霧の向こう側に、森の樹々の色合いとは不釣り合いな、異質な物体が見えてくる。

土や草木といった自然な素材ではなく、人工的《アーティフィシャル》に加工された鉄板やガラスの破片だ。近づくにつれ、状況が理解できた。

プロペラ機だ。

さらに近づいていくと、青と白の機体が半分、地面にめり込むような形で転がっていた。主翼がなく尾翼も折れている。部品も散乱していた。

「これ、例の、事故った物資輸送機っぽいね。空輸配達のマークがついてる」三瑚嬢が言った。「迷惑でしょ、これ。こんなところに落ちちゃって」

「この事故のおかげで、位置情報が分かったんだけどな」

五十九彦は右に左に首を動かし、周囲を改めて見渡したが、霧がかかっており、よく見えない。

三瑚嬢と蝶八隗、二人の姿が見えなくなっていたことに気づいたのはその時だ。置いて行かれたのか、と少し慌てたが、何ということはない、霧に隠れていただけで、二人は意外に近くにいた。

彼らは立ち尽くしている。

どうして？　理由は、彼らの視線を追うとすぐに明らかになった。

大きな樹が聳《そび》えていた。

大きな、という表現では足りないほどの、塔にも似た巨大な樹が、五十九彦たちの前に姿を現わしていた。

手を広げた大人が二十人で輪を作っても、取り囲むことはできないのではないか。それほどの太い幹だ。

その巨大な幹が左方向に傾きながら、空を突かんばかりに伸びている。表面はほかの樹々以上に、複雑な隆起と洞を備えており、筋肉や骨を思わせ、禍々《まがまが》しさすらあった。

「こんな樹が」五十九彦はその全体像をつかむために首を傾けるが、霧のせいもあり、高さが把握できない。自分が口をぽかんと開けていることにも気づかない。

横にいる三瑚嬢も口を開き、ただ樹を見上げている。

「樹というより山か崖だな、こりゃ」蝶八隗も呆気に取られている。

右から左に流れる霧が隙間を作り、樹の姿が先ほどよりも露わになった。

「ああ、これ、二本あるんだね」三瑚嬢が指差す。あまりに大きいために、全体像を把握するのが難しかったが、巨大な樹の隣にもう一本並んでいるのだった。二本は絡み合っているようでもあった。

五十九彦は生まれてこの方感じたことがないような、畏《おそ》れを覚えていた。十数人の輩《やから》に囲まれたり、物騒な武器を向けられた時とはまるで比べ物にならない恐怖だ。

樹とは思えぬ大きな二つの樹が、それぞれだけならまだ、想像を絶するほどの巨大さとはいえ、受け入れることができたが、二つが抱き合うように繋がっているため、樹とは別の、畏怖すべき何物かに感じられた。

心細さにも似た、不安に襲われる。踏み潰される恐怖だ。が、この相手になら踏み潰されても仕方がない、と敬服する心持ちにもなっていた。

すげえな、これは。

畏敬の思いを込めた声を洩らしてしまう。

「圧巻すぎる」三瑚嬢も茫然としている。

そこで、「なあ、これってその樹じゃないのか」とのんきに言ったのが蝶八隗だった。

「その樹？　何のことだよ」

「さっき話に出ただろ。聖書で、アダムとイブが食べたっていう」

「ああ、生命の樹と知恵の樹」三瑚嬢が答えた。「この二つの樹がそれ、って言いたいの？」

「食べ物の話に関しては詳しいんだよ、俺は」

　生命の樹と知恵の樹がいったいどのような姿をしていたのか、五十九彦は知らなかった。目の前にあるような、巨大な樹だとは想像していなかったが、歴史の始まるずっと前の、大昔の大昔からそこにいるかのような、途方もない年月を生きてきた重々しさをこの樹から感じるのは間違いなく、人類にとって重要な役割を果たした樹だとするならば、納得できた。

　三瑚嬢がうなずく。「生命の樹と知恵の樹なら、これくらい迫力あってもおかしくないかも」

　五十九彦たちはしばらく、その樹をただひたすら眺めていたが、やがて、ずいぶん上に、紐《ひも》状の物が揺れていることに気づいた。

かなり高い位置だ。

目を凝《こ》らす。

横に伸びた枝から紐状のものが垂れさがっているのだ。植物の蔓《つる》ではないと分かったのは、枝に布製の大きな塊《かたまり》も引っかかっていたからだ。この自然の美しさが、布やロープといった人工物により台無しだと五十九彦は不快感すら覚えた。

ほかの二人も顔を上に向けている。

「パラシュートか?」「パラシュートかな」「パラシュートか」


「準備はいいか?」蝶八隗は、五十九彦から十メートルほど離れたところで、両手を腰の前あたりで組むような姿勢で言ってくる。

「こっちはいつだって。そっちこそ準備いいか」

蝶八隗からの返事が聞こえる前から地面を蹴っていた。久しぶりの全力疾走に太腿が歓喜するかのようだ。腕を振る。

やったことはなかったが、おおよそうまく行くだろうとは考えていた。この手のアクロバティックな運動で失敗したことはない。おまけに蝶八隗も、こうした肉体を使った手伝いに関しては信頼できた。

ここぞという場所で跳び、蝶八隗の身体に飛び込む。彼の両手は受け皿のように上を向いている。そこを右足で踏む。踏切板のかわりだ。

蝶八隗は、五十九彦の右足をつかむようにすると思い切り、上方向へと腕を振った。ロケット発射よろしく、五十九彦を投げるようにしたのだ。

五十九彦がタイミング良く伸びあがると、かなりの勢いで上に跳ぶ。

ぐんぐんと上昇する。宇宙に突き抜けるかのように、まっすぐ飛んでいく。いくつかの小さな枝が顔や体にぶつかってくるが気に留めない。目を凝らし、お目当ての枝のところにつかまった。

体勢を整え、どうにか身体を引っ張り上げていく。パラシュートの布は強く絡

まっているらしく、五十九彦がロープにぶら下がっても落ちることはなかった。

枝とはいえ、すでにこれもまた一本の樹と言えるほどの太さがある。

「まったく、ひどい絡まり方だな」

立つ場所の安全性を確認しながら、布とロープを一生懸命に剝がしていく。めり込むように絡まっている個所もあった。

どうにか根気よく取り外し、下に声をかけた後で、布を落とした。しばらく間を空け、地面にぶつかる音が聞こえる。

さて降りるのも一苦労だな、と五十九彦は改めて枝から周囲を見渡した。

風の吹き方のせいだろうか、霧が消えている。

真下に、こちらを見上げる三瑚嬢と蝶八隗が確認できる。その周辺が予想以上に明るかった。白い花が一面に広がっているのだ。下にいる時は、樹を見上げてばかりだったために周囲に注意を払っていなかったが、地面には色の付いた花がずいぶん咲いていた。白だけではない。色や形の揃ったものがあちらこちらで群れをつくっている。

小さく音がし、目をやれば自分の立つ木の枝に鳥が止まっている。ずいぶん離れてはいるが、枝の先端に鳥たちが並んでいた。青色の目立つ羽根で身体を丸くしている。五十九彦がここに着いた後に降り立ったのだろうが、ずっと前からそこにいたかのような、素知らぬ顔だ。

また眼下に目をやる。花のまわりで花弁が踊っているように見え、何かと思えば、蝶が優雅に舞っていた。

のどかな、そして驚くほど美しい光景がそこにある。

さまざまな生き物が、平和に共存しており、動物も植物もどちらも気兼ねなく、自然な状態でその場にいるように思えた。

なるほど、楽園とはこういうことか。

五十九彦は内心にそう洩らしている。

視界に入る景色は、手つかずの自然の美しさに溢れていた。

原初の光景だ。

すべての始まりの楽園だ。

さらに視線を遠くにやり、少し離れた場所に、楽園にそぐわない小さな建物を見つけた。

五十九彦は幹の窪みに手をかけ、神聖なる巨人の体に密着するような恐悚《きょうしょう》を感じつつ、少しずつ降りる。

「お疲れ様」地面まで戻ったところで、三瑚嬢が労った。

「恐ろしいほどでかいな、この樹は」五十九彦は感想を口にする。

落としたパラシュートは、柄に似合わず蝶八隗が丁寧に畳んでいた。「〈先生〉が不時着した時に使ったのかもな」

「そういえば、上から見下ろした時に発見したぞ」五十九彦は言う。

「何を？」

「そっちに小屋があった」

森の中のその小屋は、小屋と呼ぶのも躊躇《ため》われるような、小さく、素人が素人なりに木材を組んだ簡素なものだった。屋根にアンテナやソーラーパネルのようなものが置かれているのが、確認できる。

入口の戸を開けると六畳ほどのスペースがあり、手前に木製のテーブルがあった。端末がいくつも積み重なっており、その奥には絵を描く道具が置かれている。

「いないな、〈先生〉」

広い部屋ではなく、収納があるわけでもなく、無人なのは明白だった。

「だけど、ここがたぶん、『天軸』の開発場所じゃないかな」三瑚嬢は言い、テーブルの上の小さな端末を指差した。小型冷蔵庫ほどのサイズだ。

「人工知能って、こんな大きさでいいのか?」

「今どきは、これくらいあれば充分だと思う」

「こいつが暴走して、世の中のシステムをおかしくしたっていうのか」

こんなに小さいものが? 信じがたかったが、「おまえのせいで」と五十九彦は蹴り飛ばしたくもなった。

三瑚孃が端末に向き合い、空間ディスプレイを起動させた。指で触れながら操作する。エア・パネルを指で叩く。ピアノ演奏をするかのような滑らかな動きだった。空間に浮かび上がる画面には文字列がいくつか表示される。暗号ロックを解除し、システムを起動させるつもりなのだ。

手持無沙汰の五十九彦は室内をうろつく。蝶八隗は首を回した後、壁を使い、ストレッチ運動をしていた。

空気が痺れるような、びりびりとした震動が感じられたのは、三十分ほど経ってからだった。

女性の立体映像が浮かび、五十九彦はびくっとなった。

「長旅お疲れさまでした。と言うべきでしょうか。おそらく、日本からここに辿り着いたんですよね」とその女性が声を発する。

三瑚孃が、「システムが起動されたら、この映像が表示されるように設定されていたんだろうね」と説明した。「よくあるナビゲーション」

「これが〈先生〉か」「たぶん」

録画された映像が再生されているだけであるから、話しかけてやり取りすることはできない。相手のメッセージを受け取るだけだ。

「どうしてここに来たのかはおおよそ分かっています。『天軸』でシミュレーションしましたから。でも、こんなところまで探しに来てもらったのに、不在であることを申し訳なく思います」

〈先生〉は年齢不詳で、若くも老いても見え、話し方にも品があった。非常に恐縮しているようにも見えたが、いったい何に恐縮しているのか、はっきりしない。

「わたしはあちらこちらで連鎖的に起きている事故や事件が、自分の構築した『天軸』と関係していると疑い、ここに来ました。ただ、垂直離着陸機の着陸に失敗したんです。パラシュートで脱出して、あの樹に絡まりました。あの樹は、すでにごらんになっていますよね？　パラシュートで枝に引っかかってしまい、何日もそのままで、もう駄目かと思ったのですが、やがて地面に落ちました」

五十九彦は先ほど自分が、パラシュートを回収した場所の高度を思い出し、あそこから落ちて無事だったのか、と感心するが、その反応を予期していたかのように、立体映像の彼女が続けた。「おかげで、大怪我です。むしろよく死ななかったと言ったほうがいいかもしれません。腰の骨は明らかに折れていましたし、ここまで這って来るのにも一日がかりでした。とはいえ、自分の怪我に苦しんでいる余裕はありませんでした。わたしがのろのろしている間にも、わたしの作った『天軸』のせいで、世界中でさまざまな災いが起きていくんですから。責任があります。なんとか、『天軸』の暴走している箇所を見つけ、修復しなくては、と必死で」

かなりの重傷だったはずだ。何とも責任感の強い人間だな、と五十九彦は呆れた。三瑚嬢と蝶八隗も似たような感情を抱いていたのか、顔を見合う形になった。

「ただ。わたしの考えは間違っていました」

予想もしていない言葉が聞こえ、五十九彦はぎょっとした。〈先生〉は間違わない、と思い込んでいたからだ。

「間違っていた?」「何が」

「『天軸』に異常はなかったんです。暴走どころか、非常に規則正しく、わたしが組み立てたアルゴリズムから逸脱する様子はまったくありませんでした」

五十九彦は眉を顰《ひそ》め、三瑚嬢の顔をまた窺ってしまう。

「取り越し苦労だった、とわたしはほっとしました。かなりの怪我は負ってしまいましたが、『天軸』が無実だと分かったことに救われる思いで、あとはここから日本に帰ればいい、と考えたのですが、そこで問題が起きました。外への連絡がまったくできなくなっていたんです」

声を聞きながらも五十九彦は、自分の想像とは違う方向に話が進んでいることに戸惑いはじめている。

「天軸」が原因ではなかった？

「一人でやってきたものですから、誰かに迎えに来てもらわなくてはなりません。もともとわたしは、この場所で研究開発を始めた時に、アンテナを設置して、衛星回線を使い、インターネット通信を可能にしていました。それが、まったく不通になってしまったんです。はじめは、何らかの機材の故障だと思いましたから、楽観視しているところもありました。不具合箇所が判明すれば、通信機能は回復するだろう、と。わたしの怪我が治ればどうにかなるはずと思い、足を引きずりながら、この小屋を出てみたんですが驚きました。わたしの想像とはまったく違う理由で、通信ができなくなっていたんです。何だったと思いますか」

彼女はやはり、録画された映像に過ぎず、こちらの返答に反応できるわけがなかった。

「蝙蝠《こうもり》や鼠《ねずみ》、蛾《が》、そういったいくつかの種類の生き物のせいだったんです」

一瞬、五十九彦は何を言われたのか理解ができなかった。関連性のない答えが出たと感じ、別の映像が流れたのかと疑ってしまった。

「生き物？　何じゃそりゃ」蝶八隗は困惑を口に出した。

「アンテナやら通信ケーブルやらに群がっていたんです。蝙蝠は羽ばたきをしていましたし、鼠はケーブルを齧《かじ》っていました。もちろんすぐには理解できませんでしたが、電波障害が起きていました。蝙蝠の出す超音波と、物理的な破損のせいです。たくさんの生き物が、ここと外部とを断絶させるために一致団結していたとしか思えませんでした」

一致団結?

「わたしはその後、すぐに重要なことに思い至りました」〈先生〉はそこで一拍置いた。つばでも飲み込んだのかもしれない。

また口を開くと、言った。

「知能を持つのは人間だけではありません」

知能を持つのは? 五十九彦には話の意図が見えない。

「そして、もう一つ。知能とは、神経のネットワークにより生み出されます」


「重要なのは、外の、あの二本の巨大樹です」〈先生〉は話し続ける。

「十年ほど前初めてこの場所を見つけた時から、わたしは、あの二本の樹に魅了されました。あまりに大きく、あまりに現実味がなく、もはや樹と呼ぶのも躊躇われるほどでした。わたしはこの谷に広がる森を楽園のように感じていたからか、あの二本の樹をまるで、旧約聖書に書かれている樹、生命の樹と知恵の樹のように感じました」

蝶八隗がわざとらしく咳払いをした。自分の発想が、〈先生〉と同じだったことに誇らしさを覚えたのだろう。「どうだ」と言わんばかりだ。

「だからこそ、わたしの作る人工知能はここで開発されるべきだと思いました。新しい人工知能は、新しい人類のようなものですから、いわば、わたしからすれば、『天軸』こそがアダムとイブです。わたしがアダムで、『天軸』がイブ、あるいはその逆、と言ってもいいかもしれません。とにかく、この楽園がふさわしいと思い、だからこそ、ここを、『天軸』の設置場所に選んだんです。過ごせば過ごすほど、この森は楽園だと感じました。居心地のいい、天国、極楽という意味ではありません。すべての始まり、手つかずの、生き物が本来あるべき姿のまま存在している、そんな自然の美しさに溢れているからです。そうなんです、わたしたち人間は楽園から始まったんです。そのことを実感しました」

わたしたちは楽園から始まった。

その響きが、五十九彦の胸を内側から震わせた。

始まって、どうなった？

「わたしは、考えが行き詰まった際や疲れを感じた際は、あの樹の前に立ち、眺めることで気持ちを落ち着かせました。頭を休ませたい時には、この森をうろつき、絵を描きました。通信が生き物たちによって妨害されている、と知った時も、動揺した自分をどうにか落ち着かせるために、あの樹のところまで行きました。そしてそこで初めて、根について考えたんです」

「根？」

「あれだけの大きな樹ですから、地中に伸びる根は想像もつかないほどに長大、複雑に違いありません。根から地面に、地面から大気に、もしくは樹の枝や葉からほかの虫、生き物にも繫がるのではないか、と思ったところ、これはもう巨大なネットワークだと気づきました。インターネットが人間の集合知を活用するのと同じく、植物や動物が、わたしが気づかない方法で繫がり合い、さまざまなやり取りを交わし、大きな知能となっていても不思議じゃありません」

「不思議だっての」五十九彦は呟きたくなった。「何を言ってんだよ」

「NIという言葉が浮かびました」

はあ？　五十九彦は眉をひそめる。

「人工的《アーティフィシャル》な知能《インテリジェンス》ではなく、自然《ネイチャー》の知能《インテリジェンス》だからです」無邪気な子供がやるような命名に照れ臭さを感じているのか、〈先生〉はその時だけ表情を少し緩めた。

「言葉遊びみたいなものですが」

「AIじゃなくてNI？　何だよ、訳が分からないな。いったい、樹と根っこがどうしたって言うんだ」蝶八隗も面倒臭そうに嘆く。

「この森で、自然の植物や生き物が組み合わさって、ネットワークを作り、巨大な知能となっているんです。その知能が目的を達成するために、植物や生き物に指示を出していたんですよ。地球の生きとし生けるもの、すべての集合知」

見えない電波のようなものを使い、植物やほかの生き物が連絡を取り合う様子を想像しようとし、失敗する。

喋る案山子《かかし》の話を思い出した。東北地方の離島で、遠い昔に作られたその案山

子は、詰めこまれた虫や花、土や水分が脳のシナプスのような機能を果たしていたという。

その規模の大きな物が、より高度で範囲の大きな物が、ここにあるというのか。気づけば五十九彦は、小屋から飛び出していた。

〈先生〉の、胡散臭いながらもこちらを惑わせてくる語りから逃げたかったところもあった。

得意の駆け足で、ぴょんぴょんと跳ねながら、五十九彦はあの二本の樹の前に戻っていた。

その大きさに圧倒される。霧が掻き消え、樹がはっきりと確認できつつあるからだろうか、先ほどよりも大きくなったように見えた。

谷底の、この場所を風が勢いよく通り過ぎ、音を鳴らしていた。霧が一時的に晴れていた。樹の下から風が吹き上がっているのか、落ちていた葉が舞っている。

ごおっと強い音が聞こえた。

霧を巻き込むように風が吹く中、巨大な樹がうなりを上げ、枝を震わせている。五十九彦にはそう見えた。恐ろしくなり、慌ててかぶりを振る。

「おい、五十九彦、何か変じゃないか？　この樹、さっきよりも活き活きしはじめているように見えないか？」蝶八隗がいた。追ってきたのだろう。

「おまえにもそう見えるか」

「ああ、見えるな。これは、ほら、あれだぞ。美味いものでも食って、充電された感じに見える。電池交換だとか、切れていたスイッチが入ったとか」

まさにそんな感じだと五十九彦は答えると同時に、「あ」と声を上げる。

「どうかしたか」

「いや、何でもない」とっさに否定したのは、頭に浮かんだものがあまりに突飛だったからだ。

「言えよ。何を閃いたんだ」

「俺たちが、あの樹に絡まっていた布を取っただろ」五十九彦は指を上に向ける。

「ああ、さっきのパラシュートな。まあ、五十九彦、おまえがほとんど、やってくれただけだが」

「あれが邪魔だった、ってことはないか」

「邪魔?」

「切れていたスイッチ、って言葉でふと思ったんだ。絶縁体ってあるだろ。電気を通さない素材だ。ガラスとか、ゴムとか。あのパラシュートも似たような物だったってことはないか?」

「電気がどこに流れている?」

電気は譬《たと》えだ。脳で言うところの神経伝達物質を思い浮かべている。

「あの樹にとって、絡まっている布やロープが邪魔だったんじゃないか。脳の血管が詰まるとか言うだろ。脳卒中とか。あれみたいな感じかもしれない。絡まって、よりによって大事なところにめり込んで、そのせいで通りが悪くなっていた。人工知能の、〈先生〉が言うところのNIの指示が通らなくなっていた。そんなことはないか」

「五十九彦、真顔で何言ってんだよ」

人の気配がし、振り返れば、三瑚嬢が来たところだった。

五十九彦は、彼女から話を聞くより先に、今、蝶八隗と交わしたやり取りのことを喋っていた。この樹に変化が起きているのだとすれば、パラシュートの残骸を取り除いたからではないか、と。

「ああ、やっぱり」

「三瑚嬢、何が、やっぱりなんだよ」

「あの後、〈先生〉の映像が言ってたんだよね。わたしたちはここに誘われてきたんだろう、って」

「誘われて?」

「こうなるように仕向けられていたって」

「意味が分からない」

「ウケるよね」

「ウケない。だいたい、誰にだよ。誰が、何を仕向けたんだよ」

「わたしが教えたこと、覚えてない?　キャベツの話」

「キャベツ？」

「キャベツはアオムシにやられちゃうから、その天敵を呼び寄せる。蜂の好きな匂いを出して、蜂を呼んで、結果的にアオムシを退治する仕組みがある、って」

「言ってたな。植物なりの知恵だってな」蝶八隗が答える。

「それと、同じなんだよ」

「同じ？　何が何と」

「植物は、助けてもらうために匂いのある化学物質を出す。ミツバチに花粉を運んでもらうのも同じ。自分では動けないから、そういう方法を取る」

植物は自分では動けない。

五十九彦はその言葉を噛み締めながら、前に聳える巨大な樹をまた眺めやる。

全知全能、すべての力を備えているかのような貫禄の巨大さだったが、移動することはできない。あのパラシュートを取ることも、だ。

「邪魔な物を取り除いてもらうために、わたしたちをここに連れてきたんだよ。〈先生〉が言ったことから想像するとね。で、誘うためには、蜜を用意する必要があるでしょ。キャベツが匂いで蜂を呼ぶみたいに。で、人間の大好きなものは何だと思う？」

「人間の大好きなもの？　何だよそれ」

「ほら」三瑚嬢は答えた。「物語《ストーリー》だよ」

「わたしたちの脳は、ストーリーを求めている。わたし、そう言ったでしょ」

「言ってたよな」いつだって、重要なことを言うのは三瑚嬢の役割だ。

「ある開発者が、人工知能を作った。世の中の異変は、その人工知能の暴走のせいじゃないか。開発者は責任を感じて、人工知能を止める。その結果、世界は小康状態になった。そして、行方不明になったその開発者を探しにいくことになる。感染症が蔓延する地域だから、感染しない免疫力を持つ者が選ばれた。いかにもありそうだよね。ありがちとまでは言わないまでも、あってもおかしくない物語《ストーリー》だよ」

「ちょっと待ってくれ」

「全部、この樹が考えたこと。〈先生〉はそう言っていた。え、ほんとに？　と笑っちゃったけどね」

「馬鹿な。だいたい、自然の知能は何が目的なんだよ」

「楽園は、追放されたアダムとイブのことを気にかけていたのかも」

「気にかけて？」

「約束を破って、外に追放されたアダムとイブ、その子孫たちが、ようするにわたしたちのことね、どう生きているのか、ずっと気にかけていたんじゃないか、って」

「気にかけていた？　誰が」

「だから、楽園が、だよ。〈先生〉の言い方を真似すれば、NI。NIはわたしたちのやることをずっと観ていた」

「わたしたちってのは、ええと、俺たち？」五十九彦は指で、自分を含めた三人をぐるっと囲むような円を描いた。

「というか」三瑚嬢は自分たちの周囲全部を指差すように、腕を回した。「わたしたち全部。アダムとイブからはじまった、ようするに」

「ヒトか」五十九彦は発声した瞬間、自らの罪を認めるような気持ちになった。

「NIはヒトの行く末を観察していた。長い年月、それこそ鳥や植物、虫や動物、ヒト以外のあらゆる存在と連携を取って、ずっと追跡調査をしていたようなものかもよ」

「何だよそれは、スパイがずっと近くにいたってことかよ」蝶八隗が呆れた声を出す。

「そして、ついに排除することにした」

「排除?」

「刑を執行するみたいに」

「おいおい、俺たちが何をしたって言うんだよ。ヒトが何を。あれか、人間が環境破壊をするとか、生き物を無駄に絶滅させるとか、そういうことに腹を立てて、こいつらが反撃してきたってことか」

三瑚嬢は静かに首を横に振った。「それも一つの物語《ストーリー》だよ。よくある物語。わたしたちは理由や原因を求める。自分たちが排除されそうになったら、どうしてこんなことに、何がいけなかったのか、と考えたくなる。理由を知って、次はうまくやれるように」

「次は？　次とかあるのか？」

「実際は、理由なんてないのかもしれない。環境破壊とか、動物の絶滅とか、分かりやすい理由はなくて、もともと、彼らからすれば、ヒトはイレギュラーな存在ってだけなのかも。ああ、そうね、たぶん、そうだよ」喋りながら三瑚嬢も思いつくものがあったのか、声を高くした。

「何だよ」

「身体に入ってきた、ウィルスや細菌みたいなものかも。放っておいてもどうにかなるかな、と思っていたけれど、やっぱり駄目だと分かって、これは排除するしかないな、って判断したんじゃないかな」

「どういう譬えなのか」

「たとえば、わたしたちの体内にウィルスが入って来れば、増殖するのを防ぐために、白血球などの免疫機構が活躍するでしょ。それと同じで、わたしたちが彼らに何かをしたから、というよりも、そもそも生まれてきた時点からヒトは異物で、それを排除するように動いていたのかも」

「俺たちがウィルス？」

「風邪をひけば、高熱が出るんでしょ。あれって、ウィルスを倒すためにだよ。関節が痛くなったり、倦怠感も出たり。一時的にだけど、全身ぼろぼろの状態になる。なぜかといえば、ウィルスに対抗するため」

「それがどうした」

「数年前の世界の状況も、それと同じだったのかも。免疫機構が働いて、ぼろぼろ状態。それって、NIが、侵入したウィルスを撃退するために、さまざまな指示を出していたからじゃないかな」

「いったい何ができる」

「最近の天変地異は、停電や感染症から発生したでしょ。で、新しい感染症は蝙蝠やさまざまな動物から生まれて、広がっていく。動物がケーブルを齧り、大停電を発生させることもできる。全部、ヒト以外の力で起こせるんだよ。ヒトの許可はいらない」

「わざと起こしてるってことか？ 免疫反応みたいに？ まさか地震もこいつらの仕業ってことはないよな。海の中のクジラが暴れて、地震を起こすとか言いたいわけじゃないだろ」

五十九彦は無理やり笑おうとした。が、巨大な樹を前にし、その地中深くに伸ばしているだろう根のことを考えると、地面を揺らすことくらいはできるのではないか、と怖くなったのも事実だ。

「ただ、ＮＩからしても、〈先生〉が着陸に失敗したのは予定外だったのかも。パラシュートで〈先生〉が脱出して、あの樹に絡まっちゃったでしょ。そのせいで、彼ら自身のネットワークに障害が起きちゃったんじゃないかな」

「それで、脳卒中状態になったのか？」蝶八隗が珍しく、話を理解しているようなことを言う。

「鳥やほかの動物の力でもあれが取り除けなかった。だから困って、わたしたちを呼んだ。キャベツが蜂を呼ぶように。蜜のように魅力的な物語《ストーリー》を想像させて。で、案の定、のこのことやってきた、わたしたち。ようするに、そういうことだよ」

「ようするに、と言われてもな」

「そのために別の飛行機を、物資輸送用プロペラ機を墜落させることもやった。そうすれば、位置情報が伝わるからね。飛行機を落とすのだって、鳥の群れがその気になればやれる」

五十九彦は、馬鹿な、と笑い飛ばそうとしたがうまくできない。

「まさかとは思うが、さっき、落ち葉がクッションになって、怪我をしなかっただろ。あれも、そのためにあそこにあった、とか言うんじゃないだろうな」蝶八隗が来た道を指差す。

「わたしたちは、ずっと世界が終わりそうだって散々大騒ぎしていたけれど、それは勘違いだったんだ」

「どういう勘違いだよ」

「終わるのは、ヒトの世界だよ。ヒト以外にとっての世界は終わらない。わたしたちヒトが、ヒトが世界のすべてだと思い込んでいるだけ」

三瑚嬢のその言葉を聞き、五十九彦ははっとさせられ、その後で苦笑する。世界の中心にいると思い上がっている者が大嫌いであることを思い出したからだ。

さらに想起したのは、自分の膝だ。半月板を損傷した際に医師は、「自然治癒では治らないから切除する」と言った。骨折や肉離れなどと同様、放っておけばいつかは治るものだと思っていたため、意表を突かれる思いだったが、もしかすると、俺たちもそうなのではないか。

放っておいても良くならない。そのことが判明したのかもしれない。

ばさばさと風を叩く、大きな音がした。五十九彦は跳び上がるほど驚いた。鳥が飛び立ったのだ。いったいどこに身を隠していたのか、数えきれないほどの鳥たちが地面から飛び立ち、巨大な樹のいただきを目指すかのように消えていく。

羽の音と草木が揺れる音が、谷に響き渡る。

哺乳類のものと思しき、吠え声も聞こえた。姿は見えない。威嚇するのではなく、どこか寂しさを伴う長い声だった。

三瑚嬢と蝶八隗とも目が合う。二人とも心もとない表情になっていた。

巨大な樹の幹がぐんぐんと脈動し、見えない歯車を急速に回しはじめている。そうとしか思えなかった。もはや制止することはできず、ただこのまま彼らの考えるように、自分たちは追い出されるに違いなかった。

五十九彦は耳を押さえたが、本当に音がしたのかどうかは判然としない。無音のようにも感じる。

森が、巨大な樹が、楽園が、声を出したのだと五十九彦は思った。声なき声で、別れを告げているのではないか。

それもまた物語《ストーリー》だ。この期に及んで、自分の脳は物語《ストーリー》を作り出そうとしている。

五十九彦たちは、身体を寄せ合っていた。

黙ったまま、その巨大な樹と舞い上がる葉、呼応するように揺れる他の樹々の様子を眺めるほかない。どこからか蝶が集まりはじめ、甲虫が這いまわる。

自然のものたちが、人工的なるものは邪魔でしかないと言わんばかりに、生き生きと動いていた。

「結局、〈先生〉はどこに行ったんだ」

「それは教えてくれなかった」三瑚嬢が言った。「全部を諦めて、この森のどこかで世界の終わりを迎えるつもりなのかもしれないし」

「すでに死んでいる可能性もあるな」

「もちろん。もしくは、何とか食い止めようとして」

〈先生〉には〈先生〉の物語《ストーリー》があるのだろうか。

自分の服にオナモミの実がついていることに気づいた。五十九彦は引き剝がすようにして近くに投げたが、これもまた仕掛けられた機能の一つ、たとえば自分たちの位置情報をずっと監視してきたGPS装置のように感じられた。ずっと、俺たちの居場所を伝え合っていたのか？　怖くなり、苛立つように次々と、摘まんでは飛ばし、摘まんでは投げる。

興奮状態になった。

が、途中でその手を止めた。

オナモミの実に対して、怒りに近い感情を抱いている自分に違和感を覚えたのだ。この実が敵とは思えなかった。

彼らも別に、我々を嫌っているわけじゃない。

ふとそう思った。

十代の頃、教師にもらったあの小説の、ラストの一文が、山椒魚に対して洩らした蛙の言葉が頭をよぎったからだ。

強張っていた身体から力が抜けた。

悲しみは悲しみとして、後悔は後悔として切り離したほうがいい。

まさにその通りだ。あの蛙も気づいたのだろう。不安と怒りをいっしょくたにしてしまっていることに、だ。

待っていたかのように、美しい青色の鳥が優雅な弧を描きながら、降りてきて、五十九彦の肩に止まる。

顔をそちらに向けると、くりくりとした目と小さく尖った嘴《くちばし》が目に入り、五十九彦は、可愛らしいな、と感じる。

濃霧が立ち込める。五十九彦は視界を奪われながら、自分の思考も鈍りはじめてくるのが分かった。すべての始まりの森に飲み込まれ、このままここで自分たちの命は終わるのだと確信した。生還し、未来に生きる三瑚嬢や蝶八隗を想像し、「延命」に期待したくもなるが、今ここにいる俺たちはもはやここまで、一巻の終わりだ。

音を立てながら、周りの景色が風で掻き混ぜられていくようだった。轟々と響く暴風の音は、次第に、合唱の声のような美しく響く和音にも感じた。ヒトが絶滅するための音楽だ。耳ではなく、体全体がそれを聞いている。

「彼らも怒っているわけではあるまい」

五十九彦の頭の芯がおぼろげになっていくが、不快感はなかった。

風と土埃、葉が混然一体となり、渦を作り、五十九彦の身体を巻き取るようにしていく中、ふと横に視線をやれば、同じように風に囲まれている三瑚嬢と蝶八

隗がいた。二人ともこちらに視線を向けており、彼らも最期の時だと察している
に違いないが、蝶八隗は清々した顔で肩をすくめ、三瑚孃は目を細め、人差し指
を突き出し、五十九彦のいつもの癖を真似しているのだろう、小さく揺すってい
る。

〈参考文献〉
『アダムとイヴ　語り継がれる「中心の神話」』岡田温司著　中公新書
『ストーリーが世界を滅ぼす　物語があなたの脳を操作する』
ジョナサン・ゴットシャル著、月谷真紀訳　東洋経済新報社
『植物は〈知性〉をもっている　20の感覚で思考する生命システム』
ステファノ・マンクーゾ／アレッサンドラ・ヴィオラ著、久保耕司訳　NHK出版
『植物は〈未来〉を知っている　9つの能力から芽生えるテクノロジー革命』
ステファノ・マンクーゾ著、久保耕司訳　NHK出版
『山椒魚』井伏鱒二　新潮文庫

本書は書き下ろしです

伊　坂　幸　太　郎

ISAKA KOTARO

1971年千葉県生まれ。東北大学法学部卒。2000年「オーデュボンの祈り」で新潮ミステリー倶楽部賞を受賞し、デビュー。04年に『アヒルと鴨のコインロッカー』で吉川英治文学新人賞を、短編「死神の精度」で日本推理作家協会賞（短編部門）を受賞。08年には『ゴールデンスランバー』で本屋大賞、山本周五郎賞を受賞、14年『マリアビートル』で大学読書人大賞を受賞。20年『逆ソクラテス』で柴田錬三郎賞を受賞。

Illustration Ide Shizuka

Bookdesign albireo

楽《らく》園《えん》の楽《らく》園《えん》

2025年1月25日　初版発行

著　者　伊坂《いさか》幸《こう》太郎《たろう》

発行者　安部順一

発行所　中央公論新社
〒100-8152　東京都千代田区大手町1-7-1
電話　販売03-5299-1730　編集03-5299-1740
URL https://www.chuko.co.jp/

DTP　平面惑星

印　刷　TOPPANクロレ

製　本　大口製本印刷

©2025 Kotaro ISAKA
Published by CHUOKORON-SHINSHA, INC.
Printed in Japan　ISBN978-4-12-005875-2 C0093
定価はカバーに表示してあります。
落丁本・乱丁本はお手数ですが小社販売部宛お送り下さい。
送料小社負担にてお取り替えいたします。
＊本書の無断複製（コピー）は著作権法上での例外を除き禁じられています。
また、代行業者等に依頼してスキャンやデジタル化を行うことは、
たとえ個人や家庭内の利用を目的とする場合でも著作権法違反です。